SOCIÉTÉ ROYALE

DES SCIENCES, DE L'AGRICULTURE ET DES ARTS

DE LILLE.

RAPPORT

LU EN SÉANCE PUBLIQUE LE 20 JUILLET 1846,

PAR M. PIERRE LEGRAND,

AU NOM DE LA COMMISSION CHARGÉE D'EXAMINER LES MÉMOIRES DES CONCURRENTS
A LA MÉDAILLE D'OR OFFERTE A L'AUTEUR DE LA MEILLEURE
NOTICE SUR LA VIE ET LES OUVRAGES DU

STATUAIRE ROLAND.

LILLE,
IMPRIMERIE DE LELEUX, GRANDE-PLACE, 8.

SOCIÉTÉ ROYALE

Des Sciences, de l'Agricultureet des Arts

DE LILLE.

RAPPORT

Lu en séance publique le 20 juillet 1846, par M. Pierre LEGRAND, au nom de la Commission (*) chargée d'examiner les mémoires des Concurrents à la médaille d'or offerte à l'auteur de la meilleure notice sur la vie et les ouvrages du statuaire ROLAND.

Messieurs,

En décidant que cette année on lirait, en séance publique, le rapport de la Commission sur le concours ouvert pour l'éloge du sculpteur Roland, vous n'avez point dérogé aux usages académiques; vous êtes, au contraire, rentrés dans la règle qui veut qu'en même temps que l'auditoire apprend le nom du vainqueur, il puisse apprécier ses titres à l'honneur qu'il reçoit.

C'est une condition indispensable de la distribution d'une bonne justice; et ici, messieurs, vous êtes des juges.

Votre projet de mettre successivement au concours l'éloge des hommes célèbres qui ont illustré le nom Lillois, a reçu son exécution en 1844.

Vous avez couronné l'auteur d'une notice sur le peintre Wicar.

Certes, le généreux donateur de notre précieux musée

(*) La Commission était composée de MM. Legrand, Chou, Heegmann, Verly et Benvignat.

1

méritait l'honneur de figurer le premier dans cette noble et patriotique galerie où nos fils trouveront tant de glorieux modèles.

Pour n'être pas précisément né dans l'enceinte de nos murailles, le statuaire Roland ne devait pas être écarté.

Si la maxime de Phèdre est vraie ; si l'on peut dire avec l'affranchi d'Auguste :

Magis pater est qui educat quàm qui nutrit,

Lille, qui reçut le statuaire encore enfant, qui lui ouvrit gratuitement les écoles où il puisa les principes de l'art dans lequel il devait s'illustrer ;

Lille, plus que le village de *Pont-à-Marcq*, peut reven-diquer l'honneur d'avoir donné le jour à Roland.

Vous avez décidé qu'une médaille d'or de la valeur de 300 fr. serait décernée à l'auteur de la meilleure notice sur la vie et les ouvrages du statuaire Roland, mort membre de l'Institut.

En 1845, un seul concurrent se présenta, c'était M. Dufay. Vous avez pensé que son mémoire, rempli d'ailleurs de détails biographiques intéressans, était incomplet sous le rapport de la forme ; que l'appréciation des œuvres de l'artiste était visiblement empruntée à des écrivains connus. Vous lui avez cependant accordé une médaille d'argent, à l'effet de reconnaître les efforts souvent heureux qu'il avait faits pour rassembler des matériaux utiles.

Et vous avez remis au concours le même sujet de prix.

Cette année, un seul candidat s'est produit.

Nous n'avons pu admettre, comme concurrent, le lauréat de l'an dernier qui rentrait dans la lice avec la même notice, enrichie de notes additionnelles et de pièces justificatives.

Le nouveau mémoire porte pour épigraphe ces vers d'André Chénier, symbolique devise sous laquelle se laisse deviner un auteur à l'ame fière, et qui lui-même, comme l'artiste qu'il célèbre, serait le fils de ses œuvres :

> « Il est si doux, si beau de s'être fait soi-même,
> » De devoir tout à soi, tout aux beaux-arts qu'on aime,
> » Vraie abeille, en ses dons, en ses soins, en ses mœurs,
> » D'avoir su se bâtir, des dépouilles des fleurs
> » Sa cellule de cire, industrieux asile
> » Où l'on coule une vie innocente et tranquille. »

L'auteur donne peu de détails sur les premières années de Roland.

Déjà, M. Dufay nous avait appris que Roland (Philippe-Laurent), statuaire, membre de l'Institut, chevalier de la Légion-d'Honneur, était né le 13 août 1746 à Marcq-en-Pévèle, petite commune près de Lille.

C'est le même chef-lieu de canton qui a retenu le nom sous lequel il est connu aujourd'hui, du pont jeté sur les bords de la petite rivière qui, tirant ses premières eaux des prairies de *Mons-en-Pévèle*, va baigner les campagnes de *Bouvines*, reflétant ainsi dans son modeste cours la gloire que deux champs de bataille voisins ont, à moins d'un siècle d'intervalle, fait rayonner au front de Philippe-Auguste et de Philippe-le-Bel.... (1)

Son père, Jean-Vincent, était tailleur d'habits et cabaretier; sa mère se nommait Marie-Magdeleine Caille.

Roland avait plusieurs frères et sœurs. On remarque parmi eux Jacques-Joseph, peintre d'histoire, qui mourut à Paris le 17 février 1804.

M. Dufay ajoute que des titres de famille que Roland ne voulut jamais faire vérifier rattacheraient, par une alliance assez bizarre, ses ancêtres aux derniers Stuarts d'Ecosse.

---

(1) Bouvines — 1214. Mons-en-Pévèle — 1304.

L'auteur du nouveau mémoire a-t-il ignoré ce fait singulier? ou bien a-t-il pensé qu'il était peu propre à rehausser son héros, plus glorieux, selon lui, de la couronne immortelle des beaux-arts conquise par le fils du tailleur, que de la couronne périssable qui se flétrit au front des malheureux descendants des races déchues? Toujours est-il qu'il n'en dit pas un mot, non plus que des frères de Roland qui, de l'*établi* paternel, sont parvenus à des positions élevées; il ne parle que de Marie-Magdeleine Caille, qu'il montre continuellement préoccupée de l'idée de faire de son fils un sculpteur; était-ce une appréciation instinctive du véritable talent que déployait l'enfant dans la forme des jouets qu'il façonnait avec son couteau? Etait-ce une de ces mystérieuses révélations que la providence apporte au cœur des mères? Etait-ce tout simplement le désir de soustraire un enfant grêle et chétif au labeur trop assujettissant de l'atelier ou aux travaux rudes des champs? — On ne sait. — Mais elle sollicita tant et si vivement son mari, que ce dernier consentit à laisser partir son fils pour Lille, où, sous les auspices de M. de Séchelles, intendant de la province de Flandre, venaient de s'ouvrir des écoles de dessin et de sculpture, successivement dirigées par les professeurs Tillier et Guéret.

Roland se mit gaillardement en route, avec quelques écus que lui donna sa mère.

Il avait alors 12 ans.

Sans doute ses progrès durent être rapides, et ses succès éclatans, puisqu'à 18 ans il éprouva le besoin de s'aventurer sur un plus vaste théâtre. Il courut à Paris, et là il eut le bonheur de trouver une place dans l'atelier de Pajou, illustre sculpteur que les statues de Descartes, de Bossuet, de Pascal, de Turenne, de Buffon, ont rangé parmi les maîtres de l'art.

Ici nous regrettons que l'auteur de la notice n'ait pas

mieux connu les premières années du jeune artiste, n'ait pas suivi la marche progressive de son talent, n'ait pas indiqué ses habitudes à Lille, ses relations avec sa famille, la part qu'il prit à l'éducation de ses frères, renseignemens utiles en ce qu'ils font apprécier l'homme tout entier.

M. Dufay, nous devons le dire, avait été beaucoup plus explicite à cet égard. Aux détails qu'il donne sur les premiers maîtres de Roland, qui furent aussi ses bienfaiteurs, il ajoute qu'en même temps que Philippe-Laurent sortait des écoles de dessin de Lille, son frère Jacques-Joseph y entrait, et que ce dernier remporta le prix du modèle vivant en 1777.

Il est évident que l'exemple de notre Roland détermina la vocation de son frère, qui vécut honorablement à Paris, comme peintre d'histoire...

Cette lacune, sur un point essentiel, ne nous a point paru rachetée d'abord, par une longue digression de l'auteur sur les misères et les dangers qui attendaient à Paris l'enfant du peuple, jeté dans la grande ville sans autre appui que les vœux de sa mère, et la conscience de ce qu'il devait être un jour.......

Il nous a fallu la certitude que l'auteur ne traçait point un tableau devenu banal, aujourd'hui que tant de grands hommes incompris vont s'éteindre misérablement dans la capitale, pour nous intéresser au jeune artiste que son biographe nous montre en proie à des intermittences de désespoir, sentant, comme la sensitive, son ame se replier à l'étreinte du froid, se ranimer à l'action du soleil; pétrissant d'une main fiévreuse son argile humectée de sueurs et de larmes, puis, dans ses fréquentes insomnies, aspirant à travers un étroit jour de souffrance, l'air parcimonieusement mesuré à sa mansarde, domptant enfin la nature, et, maître de sa volonté, s'encourageant, s'affermissant au travail en voyant, dans sa superstition d'artiste, briller cette étoile qui guidait les mages à Bethléem, et que Napoléon aperçut à chaque nuit qui précéda ses victoires.....

Roland subit toutes ces angoisses, comme il fut exposé à toutes les séductions que présentait alors aux jeunes gens, à l'ame ardente, à l'imagination vive, le Palais-Royal, ce mauvais lieu, le plus brillant du monde. ...

Ses yeux s'enflammaient à la vue de ces femmes couronnées de fleurs, vêtues d'or et de soie ; ses oreilles tintaient au son du métal tentateur remué dans les maisons de jeu par le rateau du croupier.

Nous devons en croire l'auteur, puisqu'il nous dit que ces misères, que ces séductions, Roland, dans son atelier de la Sorbonne, les racontait plus tard à ses élèves pour apprendre à ceux qui venaient après lui dans la grande ville comment l'amour de la gloire faisait supporter les unes, comment le souvenir d'une mère chérie pouvait faire triompher des autres.

Car l'auteur est un élève de Roland... Partagea-t-il à son tour la gloire du maître?... Nous le saurons tout-à-l'heure. Toujours est-il qu'il commença par éprouver ses misères.

Du moins, nous pouvons le pressentir en nous reportant au vers fameux de Virgile qui termine la notice, et que nous demandons la permission de traduire par ce passage du récitatif de l'opéra d'OEdipe à Colonne :

J'ai connu le malheur, et j'y sais compatir.

ne fût-ce que pour donner un démenti, au moins partiel, au proverbe anti-lyrique qui proclame *que ce qui est trop mauvais pour être dit, on le chante* (1).

---

(1) « *Non ignara mali, miseris succurrere disco.*
» L'abbé Delille, qui fait dire à Didon :
» *Malheureuse, j'appris d plaindre le malheur!*
» Cite les auteurs qui ont essayé de traduire ce vers fameux.
» C'est Voltaire dans *Zaire*, act. II, sc. 2.

Roland, ainsi qu'il le répétait souvent à ses élèves, n'avait pas seulement, au début de la carrière, ses passions à combattre..... Réservant pour l'étude le calme des nuits il se vit aux prises avec un ennemi plus puissant et plus opiniâtre, c'était le sommeil.

L'expédient qu'il inventa pour vaincre cet ennemi est assez original et mérite d'être rapporté.

Il imagina d'accrocher à une ficelle fixée fortement au plafond de sa chambre l'appendice chevelu qui couvrait alors toutes les nuques, et quand sa tête allourdie retombait sur son dessin commencé, le tiraillement douloureux de la queue venait réveiller le dormeur malencontreux.

C'est une ressource que n'avait point le philosophe de l'antiquité, qui, au dire d'un historien, se faisait en pareille circonstance réveiller par la chute dans une urne d'airain d'un disque dont sa main était toujours armée et qu'elle lâchait machinalement quand la nature était la plus forte.

Roland, arrivé à Paris à 18 ans, riche d'espérances et de quelques écus que sa bonne mère, qui rangea les effets de l'artiste, trouva encore le moyen de fourrer dans un coin de de la petite caisse à l'insu de son mari; — pauvre femme! de

---

» *Qui ne sait compâtir aux maux qu'il a soufferts!*
» C'est Du Belloy, dans le *Siége de Calais*, act. V, sc. 7.
» *Vous fûtes malheureux et vous êtes cruel!*
» C'est M. Lemierre (*Veuve du Malabar*, act. III, sc. 5).
» *Tu n'as donc, malheureux, jamais versé de larmes!*
» Il est assez singulier que l'abbé Delille, dans sa longue énumération, ait oublié le vers que Guillard. auteur du *libretto d'OEdipe à Colonne*, musique de Sacchini, a mis dans la bouche de Thésée, s'adressant à Polynice pour lui offrir l'hospitalité:
» *J'ai connu le malheur et j'y sais compâtir!*
• Ce vers traduit certainement mieux que tous les autres la belle pensée du poète latin.

(M. Legrand-Mallet --- Études inédites sur Virgile.)

combien d'économies et de privations ne se composait pas ce premier trésor auquel Roland n'osait toucher !

Roland, à force d'activité et de talent, gagna l'estime et l'amitié de son maître Pajou, qui ne tarda pas à l'associer à ses bénéfices en lui donnant une part dans les travaux fructueux du Louvre et du Palais-Royal. Roland passa ainsi dix ans à Paris, et y économisa environ 15,000 fr. .....Il était riche désormais, il pouvait réaliser ce rêve qui dore le sommeil de tous les artistes : un voyage en Italie....

Italiam ! Italiam ! les matelots d'Enée n'appelaient pas avec plus d'ardeur cette terre favorisée des dieux.

C'est là seulement que le soleil fait éclore les arts, *ces fruits des doux climats* (1), condamnés trop souvent à périr en germe dans nos froides régions.

Roland partit de Paris en 1774.

Si jusqu'ici, Messieurs, l'auteur de la notice nous a paru peu au courant de la vie de Roland à Lille et à Paris ; si, à part quelques renseignemens précieux qu'en pieux élève il a recueillis de la bouche du maître, il ne fournit pas les détails biographiques que nous attendions des concurrens, il faut reconnaître que la partie du travail qui concerne l'histoire de l'art, en général, et l'appréciation du talent de Roland, en particulier, est traitée avec une supériorité incontestable.

L'auteur, on le voit, est devenu maître à son tour ; et si, à l'heure qu'il est, pour consacrer ses jugemens, il manque l'autorité d'un nom, l'autorité du talent ne manque pas ; vous allez en être convaincus.

» Entr'autres ouvrages où il s'essaya, ses premières inspirations se traduisirent par un gracieux buste de jeune fille, par une statue mi-corps de jeune dormeur et par un vieillard également mi-corps ; ces deux derniers sont en terre cuite,

---

1) Béranger.

le vieillard se voit actuellement dans le musée d'Angers. On remarque une vérité incroyable de nature dans ces productions, c'est de la chair qui, pour palpiter, semble n'attendre qu'une étincelle du feu sacré, que la volonté du créateur.... Mais ce n'est pas encore la vie grandiose et le goût épuré qu'on admire dans ses autres ouvrages.

» Roland avait commencé par une imitation naïve et religieuse de la nature. Négligeant trop le véritable but de l'art qui est de communiquer aux objets, par l'expression accentuée des formes, une vie plastique, celle qui doit traverser les siècles. Ce but n'est pas la sèche réalité du calque ou du daguerréotype par qui l'art n'est plus qu'un mécanisme grossier ; c'est une impression morale que peut seul sentir et rendre le cœur de l'artiste. La vie matérielle est comme ce jour terne et froid qui ne pénètre jusqu'à nous que par un épais brouillard. Mais l'expression de l'âme qui se reflète sur le visage de l'homme, c'est le soleil resplendissant d'une vive lumière. Le calque ne donne qu'une ombre, une image inanimée, mais quand l'âme de l'homme a passé dans le marbre avec ses traits, quand elle a pris figure, si j'ose m'exprimer ainsi, l'être nous apparaît alors environné de splendeur. — C'est le type de la création dans toute sa beauté..............

. . . .
. . . .

» Canova n'est pas entré dans l'intimité de l'individu aussi profondément que Roland.....

» Les Italiens s'occupent plutôt du *primo aspetto*... Ils sont tellement impressionnables, et ils parlent à un peuple qui comprend si vivement même une simple indication, pourvu qu'il en soit frappé tout-à-coup, qu'ils ne sentent pas le besoin de pousser aussi avant l'étude de l'anatomie et de la physiologie, étude si nécessaire à qui veut rendre la nature agrandie dans sa réalité suffisante, et c'est en cela, je le répète, que les statuaires français diffèrent, à savoir que l'impression de l'ame, quoiqu'ayant sur eux une immense influence, n'exclut pas l'analyse, condition indispensable à toute œuvre appelée à résister à l'engouement d'une époque. : . . . .

. . . .

Roland eût bientôt épuisé à Rome toutes ses ressources.

Mais quel artiste est jamais pauvre quand il est soutenu par son courage et par l'amour de son art?

Il avait composé une petite statue de Junon, d'après l'antique. C'était un chef-d'œuvre ; vendue au poids de l'or, elle devait procurer à Roland les moyens de prolonger son séjour à Rome..... Déjà elle avait charmé un riche amateur ; il ne s'agissait plus que de la mouler. Tous les camarades de l'école prêtent leur concours à l'opération. Le peintre David, plus vigoureux, se charge de transporter la statue dans la salle où doit se faire le moulage, il la saisit avec une précaution que tout le monde comprendra... mais à peine a-t-il fait quelques pas queson coude heurte la muraille, et la statue, comme le pot au lait rempli des trésors de Perrette, tombe.... la Junon aux gracieux contours n'est plus qu'une plate et informe silhouette.....

L'auteur tient ce dernier détail du grand David lui-même, qui ne se pardonna jamais sa maladresse.

David, tout plein de son sujet des Horaces, était allé à Rome pour y trouver des Romains.

Hélas ! comme Casimir Delavigne,

Il vit Rome et pas un Romain
Sur les débris du Capitole.

Roland, aussi désillusionné, ne rapporta de cette terre dégénérée que le plan d'une image de Caton, s'arrachant les entrailles et mourant en doutant de la vertu.

Pajou, qu'il retrouva à Paris, l'encouragea dans l'exécution de cette vaste et énergique composition qui fit agréger son auteur à l'académie de sculpture en 1779.

La pose du personnage est si tristement vraie, la proportion des membres crispés par la douleur si exacte, que des jaloux prétendirent que Roland, usant d'un procédé indigne d'un artiste, avait obtenu cette précision anatomique en moulant les membres d'un modèle vivant.

Roland, heureusement, avait pris la précaution de modeler, à part, plus grands que nature, les bras et les jambes de la statue de Caton, et ces membres, aussi vrais dans leur proportion que ceux de la statue, prouvèrent à l'évidence que Roland n'avait eu recours à aucun artifice.

Il fit hommage à la ville de Lille du modèle réduit de cette belle composition qu'on conserve encore au musée des tableaux. M. Dufay rappelle à ce sujet une circonstance qui a échappé à l'auteur de la notice, c'est que l'assemblée de la loi, réunie à la salle du conclave le 22 juillet 1782, pour témoigner à Roland toute sa satisfaction et la reconnaissance du magistrat, lui fit don d'une cafetière d'argent aux armes de la ville.

Cette façon toute bourgeoise et toute paternelle d'encourager les arts et les sciences était dans les mœurs du temps et surtout dans les habitudes de la ville.

Quand l'illustre aïeul de notre honorable président eut terminé son code pharmaceutique, qui fut adopté par le sénat de Lille, le magistrat décerna avec la même solennité à Jean-Baptiste Lestiboudois un magnifique huilier d'argent...

De nos jours on s'est attaché à remplacer ces naïves récompenses par des objets sans utilité pratique : des médailles, monnaies sans cours; des coupes, d'un usage impossible ; des couronnes, parures burlesques quand elle n'ornent pas le front des rois et des héros.

Qu'a-t-on craint? que les lauréats poursuivis par quelque besoin ne se défissent trop facilement des récompenses obtenues? Crainte chimérique! quelque vulgaire que soit l'emploi de l'objet donné, quelque pauvre que soit le donataire, on conservera toujours précieusement ce qui rappelle un honneur public.

Nos paysans suspendent au foyer rustique les instrumens de travail que vous accordez à leur probité, et à leurs longs services. Ils s'en parent dans les occasions solennelles... Un de nos collègues (1) nous racontait naguère que, se promenant dans la campagne, il fut accosté par un vieux berger qui s'arrêta en lui présentant d'une façon toute militaire une houlette enjolivée de rubans... C'était un honneur que s'empressait de rendre un de vos anciens lauréats au promeneur en qui il avait reconnu le président qui, en séance publique, avait remis dans ses mains ce gage glorieux de l'estime de la Société.

En 1782, Pajou qui s'intéressait plus vivement de jour en jour à son élève chéri, lui fit épouser la fille de Nicolas Potain, architecte du roi. Il n'eut de ce mariage qu'une fille, aujourd'hui la femme d'un honorable conseiller de préfecture de la Seine (2).

Roland obtint un logement au Louvre.

L'auteur de la notice fait ressortir ici, non sans quelqu'injustice, disons-le, la dépendance dans laquelle, suivant lui, le patronage des rois et des grands mettait les artistes.. La citation qu'il fait d'un passage d'Homère n'est point exacte On ne devient point *esclave* pour accepter d'un Mécène une protection dont le caractère de l'obligé peut toujours garantir la convenance et la dignité.

Le patronage exercé par les rois et par les grands au profit des artistes et des hommes de lettre du 18e siècle a-t-il

---

(1) M. Dourlen
(2) M. Lucas de Montigny.

fait abandonner à ces derniers la défense des droits de l'humanité? a-t-il paralysé l'action que leurs œuvres et leurs écrits devaient exercer sur la révolution française ?

David eut un logement au Louvre après le succès de son Bélisaire. Roland fut aussi l'hôte de ce palais des beaux-arts.

La reconnaissance que ces deux hommes illustres devaient à leurs protecteurs leur a-t-elle fait oublier que l'art était un sacerdoce dont ils étaient les ministres ?

Pour ne parler que de Roland, l'auteur lui-même que nous combattons en ce moment, nous montrera tout-à-l'heure, par une heureuse contradiction, de quelle manière notre compatriote sut comprendre et exécuter les œuvres que le peuple confia à son mâle ciseau.

L'année de son mariage, Roland est reçu membre de l'académie de Lille. Son titre à cet honneur fut une figure en terre cuite représentant la mort de Méléagre.

Profondément sentie sous le rapport de l'expression morale, de la noblesse des formes, souples comme la nature, d'un dessin pur sans être la copie de l'antique, cette statue renferme toutes les qualités d'un ouvrage du premier ordre.

Il exécuta dans le même temps deux bas-reliefs considérables qui représentent : l'un, *un Sacrifice des anciens ;* l'autre, l'*Astronomie et la Géométrie*............ ....
. . . .

Cette même année encore, Roland exécuta un ouvrage qui le plaça en première ligne : la statue du Grand Condé jetant son bâton de commandement dans les retranchemens de Fribourg.

Voici comment l'auteur de la notice analyse cet ouvrage : « Sa longue habitude de travailler, ou plutôt, suivant une énergique expression, de faire trembler le marbre devant lui, qualité qui lui fut commune avec les princes de la statuaire,

les Michel-Ange et les Puget, le mit à même d'achever son
œuvre sans le secours de mains étrangères.............

.   .   .   .

» La majesté dont les traits de la face sont empreints an-
nonce une ferme assurance de vaincre. Le mouvement de la
statue est noble et fier, digne du héros en qui l'impétuosité
du courage est tempérée par la dignité du commandement.
Il y a dans l'harmonieux ensemble du costume un goût et une
vérité qui décèlent la main du maître. Si la manière des sculp
teurs des temps de Louis XIV et de Louis XV n'est pas à l'abri
du reproche, au moins il faut reconnaître qu'ils s'entendaient
merveilleusement à arranger les vêtemens et à leur donner en
quelque sorte la couleur ; leurs cheveux étonnent par le
soyeux, le fini et la légèreté. L'art paralysé quant au rapport
moral, envieux pourtant de plaire à une société sensuelle et
étiolée, fut obligé de se rejeter sur les détails. Il se signale
par la recherche et la coquetterie. Le statuaire dégénéré
descendit au rôle de modiste et de tailleur. Roland, en homme
habile, ne prit de ses devanciers que ce qu'ils avaient de
bon et leur laissa leurs défauts.................

.   .   .   .   »

Les médaillons de Lenoir, de Louis XV, de Louis XVI,
de Philibert Delorme, l'Enfant au cygne du parc de Fontai-
nebleau, le portrait de Feutry que conserve notre musée,
les cariatides de l'ancien théâtre-Feydeau, un bas-relief représentant les neuf muses étaient venus s'ajouter à l'œuvre
de Roland dans la période qui précéda la révolution de 1789.

Quelle part Roland prit-il comme homme politique à cette
révolution ? Son historien ne s'en explique pas.

Il est probable qu'absorbé par ses travaux, il ne suivit
pas le mouvement qui entraîna David et notre Wicar ; ce qui
nous le fait penser, c'est qu'au dire de M. Dufay, il eut le
rédit, après le neuf thermidor, de dérober Wicar aux fou-

dres de la réaction dont les lauriers de David purent seuls préserver le peintre des Horaces.

Mais la révolution, qui avait besoin de grands artistes pour représenter les grandes choses qu'elle accomplissait, n'en trouva pas moins dans Roland un statuaire au ciseau merveilleusement trempé pour la circonstance.

En 1791, il fut chargé de l'exécution d'un groupe colossal — l'image du peuple, terrassant le fédéralisme.

» Dans cette vaste composition, dit l'auteur de la notice, Roland put déployer à l'aise toute la puissance de son mâle génie. L'œuvre fut digne du sujet — le peuple était là debout dans sa simple, énergique et robuste personnification..... On reconnaissait sans aucune hésitation que ce juge inflexible, quelque fois terrible comme le destin, accomplissait un grand acte de souveraineté. »

Et quand à la séance du 18 mars 1792, la Convention, sur la proposition de Jean de Bry, décréta un monument à la mémoire de Simonneau, maire d'Etampes, tombé victime de son dévoûment aux lois; Roland fut désigné pour l'exécuter.

Son admirable talent de synthèse et d'abstraction lui fit entreprendre, dans des proportions gigantesques, la statue allégorique de la Loi, qui fut placée sous le péristile du Panthéon, et à laquelle il ajouta bientôt un bas-relief en pierre, ingénieux symbole de la nouvelle législation :

La Patrie assise à l'entrée du temple des Lois, montre à l'Innocence la statue de la Justice, et la salutaire institution du jury.

Bra, notre collègue, s'était évidemment inspiré de cette production du grand maître, quand, avec ce talent de résumé qu'il possède à un si haut degré, il vous a montré, au fronton du Palais-de-Justice de cette ville, l'Innocence délivrée de ses liens, mais témoignant par sa faiblesse et son air de souffrance de la lacune regrettable de notre législation en ce qui concerne les accusés reconnus innocents.

En l'an IV, lors de la création de l'Institut, Roland fut élu à l'unanimité membre de la classe des beaux-arts et professeur... On a de lui comme travaux de cette époque quelques ouvrages gracieux, nouvelles preuves de la flexibilité de son talent.

Nous citerons entr'autres une bacchante portée par une chèvre qu'elle tourmente de son thyrse.

Les bustes de Pajou, Ruyter, Lesueur, Cambacerès, Laboissière, Chaptal sortirent successivement de son ciseau : mais il se surpassa dans l'exécution du buste de sa fille, chef-d'œuvre pour lequel il obtint à l'exposition un prix de première classe.

« C'est, dit l'auteur de la notice, une admirable individualité, reproduite avec un art extraordinaire. C'est la beauté, la suave candeur présentées avec toute la magie du sentiment le plus exquis et la correction la plus achevée.

» Quand on voit cette œuvre, ajoute-t-il, on regrette que les statuaires au lieu de nous reproduire à satiété les têtes grecques qui semblent toutes moulées sur le même type, ne s'impressionnent pas plus souvent de la beauté vivante dont l'inépuisable nature se plait à leur verser les modèles à l'infini. »

Ce fut en 1802 qu'il termina son œuvre de prédilection, sa statue d'Homère.

» Il est impossible (nous copions toujours la notice) de porter plus loin la science de la nature que Roland ne l'a fait dans cette composition. Les plans des muscles modelés par méplat, témoignent d'une profonde expérience de l'anatomie. Les fibres charnues vibrent, et chacune des couches qu'elles forment est nettement dessinée. Les os sont accusés sans dureté et tout ce savant travail est recouvert d'une peau délicate, ainsi que d'un voile transparent. Les grandes divisions constitutives de l'homme sont énergiquement marquées, de telle sorte que les nuances de la vie les plus fines s'y font sentir sans nuire au grandiose. Les statues qu'on dresse aux grands hommes étant destinées à leur apothéose et devant contempler la foule du haut d'un piédestal, il s'en suit que les principales divisions du corps humain sont celles qu'il faut accentuer plus fortement que nature, parceque ce sont celles qui ont été le plus fortement modifiées par les passions dominantes de l'ame, on glisse plus légèrement sur les détails qui ne sont que l'expression de la vie entière. »

Cette admirable statue est déposée au Louvre, dans l'une des pièces du rez-de-chaussée qui forme l'aile droite du pavillon de l'horloge.

Quand l'Institut, à l'instar des grands corps de l'Etat voulut donner à l'empereur Napoléon un témoignage durable de son admiration, et vota au héros l'érection d'une statue, Roland fut, au scrutin secret, choisi à l'unanimité pour cette œuvre que le talent de l'artiste devait rendre digne de son illustre modèle.

L'exécution si large et si franche de cette statue qui orne aujourd'hui l'une des salles de l'Institut, fait regretter à l'auteur, que Napoléon, par une prédilection impolitique pour l'art italien, ait appelé à Paris, pour son buste, le statuaire Canova.

Et cette préférence du grand homme ne vient-elle pas justifier jusqu'à un certain point le choix que l'on a fait de nos jours de l'italien Marochetti pour le tombeau de Napoléon aux Invalides ?

L'infatigable artiste fit encore les statues de Solon, de Cambacérès, de Tronchet, de Marc-Aurèle et une copie de la Minerve antique placée devant le péristile de la chambre des députés.

Un de ses derniers ouvrages est la statue de Lamoignon de Malesherbes que l'on peut voir encore dans la salle des Pas-Perdus du Palais-de-Justice de Paris, grâce au dévouement et à la présence d'esprit d'un jeune avocat (1), qui, en 1830, couvrit de sa toge l'image de Malesherbes et la préserva de la destruction en rappelant aux combattants de Juillet que l'illustre défenseur de Louis XVI, comme notre Béranger : *N'avait jamais flatté que l'infortune* et que le grand seigneur philosophe n'était devenu courtisan que dans le donjon du Temple.

En 1815, Roland fut chargé de la statue du grand Condé pour le pont Louis XVI. Il ne put terminer que l'esquisse. L'affection de poitrine qui le minait devait bientôt l'enlever à sa famille, à ses amis, aux beaux-arts.

Roland mourut le 11 juillet 1816, dans son atelier, où pressentant sa fin prochaine, il était venu passer une dernière revue de ses œuvres. La mort glaça son regard encore fixé sur sa statue chérie d'Homère.

Sa famille eu l'heureuse idée de ne point séparer entièrement l'artiste de son œuvre de prédilection. L'image du poëte aveugle surmonte le tombeau du statuaire.

Roland n'eut que quatre élèves : MM. Caillouette, Vangel, Massa et David d'Angers.

Telle est, Messieurs, l'analyse un peu étendue, mais consciencieuse de l'ouvrage soumis à votre jugement. Il a pour nous d'abord le mérite de rappeler dignement à des contemporains ingrats les titres d'un illustre compatriote...

Et c'est un grand service que l'auteur nous a rendu en nous permettant de réparer l'injure d'une trop longue indifférence.

---

(1) M. Hortensius de Saint-Albin, aujourd'hui juge au tribunal de la Seine, et député de la Sarthe.

L'élève de Pajou est bien certainement l'artiste le plus éminent qu'ait produit notre localité.

Espérons que dans les rues de notre cité, ou dans les galeries de nos musées nous lirons bientôt le nom de Roland à côté du nom de Wicar, cette autre gloire du pays.

Quant au mémoire en lui-même, à part la lacune signalée au début de ce rapport, il remplit les conditions du programme.

Si la partie biographique est incomplète, la partie artistique est parfaitement traitée.

Le style large, énergique, est empreint parfois d'une sorte d'exagération, mais on pardonne la forme outrée de l'expression aux sentiments généreux qui animent l'auteur.

Et puis, la main habituée au ciseau doit tracer avec la plume des traits plus vifs, plus accentués.

Car l'auteur est un artiste, il a connu Roland, il a vécu dans son intimité, il a même été l'un de ses élèves.

Devons-nous chercher son nom parmi ceux des quatre principaux disciples qu'il cite?

C'est un soin qui ne nous appartient pas. Peut-être que déjà, à l'aide d'inductions puisées dans le mémoire, en rapprochant de certains faits les doctrines artistiques de l'auteur, ses tendances politiques; en vous rappelant sa connaissance parfaite de la matière qu'il traite, la portée morale qu'en homme supérieur il attribue à l'art plastique, vous avez, sous la muette enveloppe, deviné un nom plein d'éclat!

Quant à nous, nous le répétons, il ne nous est pas donné d'aller jusque là. C'est à l'auteur du mémoire portant pour épigraphe les vers d'André Chénier, cités plus haut, que nous vous proposons d'accorder la médaille d'or offerte à l'auteur de la meilleure notice sur la vie et les ouvrages du statuaire Roland.

Le 27 juillet 1846.

LILLE, IMPRIMERIE DE LELEUX.

www.ingramcontent.com/pod-product-compliance
Lightning Source LLC
Chambersburg PA
CBHW061747180626
46818CB00006B/2789